Xe

23601

EPITRE

DE

M. GRESSET,

Écrite de la Campagne,

AU PERE ***

A AMSTERDAM,

MDCCXXXVII.

EPITRE

DE

M. GRESSET,

Ecrite de la Campagne au Pere * * *

*à C** 20. Novembre 1736*

 E la paisible solitude
Où, loin de toute servitude,
La Liberté file mes jours,
Ramené par un goût futile
Sur les délires de la Ville,
Si j'en voulois suivre le cours,
Et savoir l'histoire nouvelle
Du domaine & des favoris
De la brillante Bagatelle
La Divinité de Paris,

EPITRE.

Le Dédale des avantures,

Les Affiches & les Brochures,

Les colifichets des Auteurs,

Et la Gazette des Coulisses

Avec le Roman des Actrices

Et les querelles des Rimeurs,

Je m'adresserois cette Epître

Qu'à l'un de ces Oisifs errans,

Qui, chaque soir, sur leur pupître

Rapportent tous les Vers courans,

Et qui, dans le changeant Empire

Des Amours & de la Satire

Acteurs, Spectateurs tour à tour,

Poss. dent toujours à merveille

L'Historiette de la veille

Avec l'Etiquette du jour.

Je pourrois décorer ces rimes

De quelqu'un de ces noms sublimes

Devant qui l'humble Adulateur

De ſes Muſes puſillanimes
Vient étaler la peſanteur,
Si je ſavois louer en face,
Et dans un éloge impoſteur
Au ton rampant de la fadeur
Faire deſcendre l'art d'Horace :
Mais du Vrai ſeul trop partiſan,
Mon Apollon, peu courtiſan,
Préfere l'entretien d'un Sage
Et le ſimple nom d'un Ami
Aux titres ainſi qu'au ſuffrage
D'un Grand dans la pompe endormi.
Pour les Protecteurs que j'honore
Que ſeroient mes foibles Accens ?
Ainſi que les Dieux qu'on adore,
Ils ſont au-deſſus de l'encens.

   C'eſt donc vous ſeul que ſans contrainte,
Et ſans intérêt, & ſans feinte
J'appelle en ces Bois enchantés,
Moins révérend qu'aimable Pere,

Vous , dont l'efprit , le caractere
Et les airs ne font point montés
Sur le ton fotement auftere
De cent triftes-Paternités ,
  Qui , manquant du talent de plaire,
Et de toute légereté , .
Pour diffimuler la mifére
D'un efprit fans aménité ,
D'une fageffe mînaudiére
Affichent la févérité ,
Et ne fortent de leur taniére
Que fous la lugubre banniére
De la grave Formalité ;
Vous , dis-je , ce Pere vanté ,
Vous , ce Philofophe tranquille ,
De Minerve l'heureux pupile ,
Et l'enfant de la Liberté ,
Comment donc avez-vous quitté
Les délices de cet Afyle ,
Pour aller reprendre à la Ville

Les chaînes de la Gravité ?

Amant & favori des Muses,

Et Pareffeux conféquemment,

Je ne vous trouve point d'excufes

Pour avoir fui fi promptement ;

Le défir des bords de la Seine

Soudain vous auroit-il repris ?

Non, aux lieux d'où je vous écris

Je me perfuade fans peine

Qu'on peut fe paffer de Paris ;

Héritier de l'antique enclume,

De quelque Pédant ignoré,

Et pour reforger maint volume

Aux Antres Latins enterré,

Iriez-vous, comme les Saumaifes,

Immolant aux doctes fadaifes

L'efprit & la félicité,

Partager avec privilége

Des Patriarches de Collége.

L'ennuïeufe immortalité ?

Non , l'efprit des aimables Sages

N'eft point né pour les gros ouvrages

Souvent publics incognito ;

Le Dieu du goût & du génie

A rarement eu la manie

Des honneurs de l'Infolio :

Quoi ! fur votre philofophie

Que les rayons de l'Enjouëment

Faifoient briller d'un feu charmant,

La prophane Mélancolie

Auroit-elle, malgré les Jeux,

Porté fes nuages affreux ?

Martir de la Mifanthropie ,

Fuiriez-vous ce peu d'agrémens

Qui nous fait fuporter la vie ,

Les entretiens où tout fe plie

Au naturel des fentimens ,

Les doux tranfports de l'Harmonie,

Et les jeux de la Poëfie

Enfin tous les enchantemens

De la meilleure compagnie ;

Et par quelque bizarrerie

Anachoréte Cazanier,

Pour aller encore effuier

L'éternité du vin de Brie ,

Aurez-vous quitté le nectar

d'Aï , d'Arbois , & de Pomar ?

Non , vous tenez de la nature

Un jugement trop lumineux ,

Vous avez trop cette tournure

Qui fait & le Sage & l'Heureux ,

Pour vous condamner au filence

Loin de ces biens & de ces jeux

Dont la tranquille joüiffance

Profcrite chez le peuple fot ,

Dtftingue le Mortel qui penfe ,

De l'Automate & du Cagot ;

Et quand l'efprit mélancolique

Pourroit des ennuis ténébreux

Dans une ame philofophique

Verſer le poiſon léthargique,

Ce n'eût point été dans ces lieux,

Dans un Temple de l'Allégreſſe

Que le bandeau de la Triſteſſe

Se fût répandu ſur vos yeux ;

Mais pourquoi donner au Myſtére ?

Pourquoi reprocher au Hazard

De ce prompt & triſte départ

Le cauſz trop involontaire ?

Oui, vous ſeriez encore à nous,

Si vous étiez vous-même à vous.

Si j'écrivois à quelque Belle,

Je lui dirois peut-être auſſi

Que depuis ſa fuite cruelle

Les Oiſeaux languiſſent ici ;

Que tous les Amours avec elle

Ont ſui nos champs à tire d'aîle ;

Qu'on n'entend plus les chalumeaux,

Qu'on ne connaît plus les Echos,

Enfin la longue Kyrielle

De tout le Phêbus ancien,

Et, sans doute il n'en seroit rien ;

Tous les moineaux à l'ordinaire

Vaqueroient à leurs fonctions ;

Sans chagrines réflexions

Les Amours songeroient à plaire ;

Mirtyle toujours plus heureux

Uniroit son chiffre amoureux

Avec celui de sa Bergere,

Et les ruisseaux, apparemment,

Entre les fleurs & la fougere,

N'en iroiênt pas plus lentement ;

Mais, sans ces fadeurs de l'Idile,

Je vous dirai fort simplement

Que jamais ce sejour tranquille

N'a vû d'Automne plus charmant.

Loin du tumulte qu'il abhore,

Le Plaisir avec chaque aurore

Renaît sur ces valons chéris ;

Des guirlandes de la Jeunesse

Les Ris couronnent la Sageffe,
La Sageffe enchaîne les Ris ;
Et pour mieux varier fans ceffe
L'uniformité du loifir,
Un goût guidé par la Fineffe
Vient unir les Arts au Plaifir,
Les Arts que permet la Pareffe,
Ces Arts inventés feulement
Pour occuper l'Amufement.

    Tour à tour, d'une main facile,
On tient les crayons, le compas,
Les fufeaux, le pinceau docile
Avec l'aiguille de Pallas ;
Et pendant tout ce badinage
Qu'on honore du nom d'emploi
D'autres pareffeux avec moi
Font un fermon contre l'ouvrage,
Où, fans projet, fans autre loi
Que les erreurs d'un goût volage,
Sages ou foux ? à l'uniffon
                Joignent

Joignent la Flûte à la Trompette ,

Le Brodequin à la Houlette ,

Et le Sublime à la Chanſon.

Hors la loüange & la ſatire ,

Tout s'écrit ici , tout nous plaît

Depuis les accords de la Lire

Juſqn'aux ſoupirs du Flageolet ,

Et depuis la langue divine

De Malebranche & de Racine

Juſqu'au folâtre Triolet.

   Que l'inſipide Simêtrie

Régle la Ville qu'elle ennuie ,

Que les temps y ſoient concertés ,

Et les plaiſirs même comptés ,

La Mode , la Cérémonie ,

Et l'Ordre & la Monotonie ..

Ne ſont point les Dieux des Hameaux

Au poids de la triſte Satire

On n'y péſe point tous les mots,

Et ſi l'on doit blâmer ou rire ;

                              B

Tout ce qui plaît vient à propos,

Tout y fait des plaisirs nouveaux,

Le hazard, l'instant les décide,

Sans regretter l'heure rapide

Qui naît, qui s'envole soudain ;

Et, sans prévoir le lendemain,

Dans ce silence solitaire,

Sous l'empire de l'Agrément

Nous ne nous doutons nullement

Que déja le noir Sagittaire

Couronné de tristes frimats,

Vient bannir Flore désolée,

Et qu'avec Pomone exilée

L'Astre du jour fuit nos climats ;

Oui, malgré ces métamorphoses,

Nos bois semblent encor naissans,

Zéphir n'a point quitté nos champs,

Nos jardins ont encor des roses :

Où regnent les amusemens

Il est toujours des fleurs écloses.

Et les plaisirs font le Printemps.

    Echapé de votre hermitage,

Et sur ce fortuné rivage

Porté par les songes légers,

Voyez la nouvelle parure

Dont s'embellissent ces Vergers ; (a)

Eléve ici de la Nature

L'Art lui prêtant ses soins brillans,

Y forme un Temple de verdure

A la Déesse des Talens.

Sortez du sein des violettes,

Croissez, feüillages fortunés,

Couronnez ces belles retraites,

Ces détours, ces routes secretes

Aux plus doux accords destinés !

Ma Muse par vous attendrie

D'une charmante rêverie,

Subit déja l'aimable loi;

(a) *Bosquet de Minerve, récemment ajoûté aux Jardins de C.. dessinez par le célebre La Nôtre.*

Les bois, les valons, les montagnes,
Toute la Scéne des campagnes
Prend une ame, & s'orne pour moi
Aux yeux de l'ignare Vulgaire,
Tout est mort, tout est solitaire ;
Un bois n'est qu'un sombre réduit,
Un ruisseau n'est qu'une onde claire,
Les Zéphirs ne sont que du bruit :
Aux yeux que Calliope éclaire,
Tout brille, tout pense, tout vit;
Ces ondes tendres & plaintives
Ce sont des Nimphes fugitives,
Qui cherchent à se dégager
De Jupiter pour un berger ;
Ces fougeres sont animées,
Ces fleurs qui les parent toujours,
Ce sont des Belles transformées ;
Ces Papillons sont des Amours.
Mais pourquoi ma raison oisive
D'une Muse qui la captive,

Suivant les caprices légers,
Cherche-t-elle fur cette rive
Des objets au Sage étrangers,
Sans fixer fa vûe attentive
Sur l'exemple de ces Bergers ?
Si dans l'imposture éternelle
De nos menfonges enchanteurs,
Il refte encor quelque étincelle
De la nature dans nos cœurs;
Sauvés du féjour des preftiges,
Et cherchant ici lés veftiges
De l'antique Simplicité
Sans adorer de vains fantômes
Décidons fi ce que nous fommes
Vaut ce que nous avons été ;
Et fi malgré leur douceur pure,
Ces biens pour toujours font perdus,
Voyons-en du moins la figure
Comme on aime à voir la peinture
De quelque Belle qui n'eft plus.

Oui, chez ces Bergers, fous ces hêtres,

J'ai vû, dans la frugalité,

Les dépofitaires, les maîtres.

De la douce félicité,

J'ai vû dans les fêtes champêtres

J'ai vû la pure Volupté

Defcendre ici fur fes cabanes

Y répandre un air de gaité,

De douceur & de vérité

Que n'ont point les plaifirs profanes

Du Luxe & de la Dignité.

Parmi le fafte & les grimaces.

Qu'entraînent les fêtes des Cours,

Thémire, dans fes plus beaux jours,

Avec de l'efprit & des graces,

S'ennuye au milieu des Amours;

Ici j'ai vû la tendre Life

A peine en fon quinziéme Eté,

Sans autre efprit que la franchife,

Sans parure que la beauté,

Plus heureufe, plus fatisfaite

D'unir avec agilité,

Ses pas aux fons d'une Mufette,

Et parmi les plus fimples jeux,

Portant le plaifir dans fes yeux

Ecrit des mains de la Nature

Avec de plus aimables feux s

Que n'en peut prêter l'Impofture

A l'œil trompeur & concerté

D'une Coquette faftueufe,

Qui, par un foûrire emprunté,

Dans l'ennui veut paraître heureufe

Et jouër la vivacité.

    Qu'on cenfure ou qu'on frvorife

Ce goût d'un bonheur innocent,

Pour répondre à qui le méprife,

Qu'il nous fuffife que fouvent

Pour fuir un tumulte brillant,

Thémife voudroit être Life,

Et voler du fein des grandeurs.

Sur un lit de mouffe & de fleurs.

　Feüillage antique & vénérable,
Temple des Bergers de ces lieux,

Orme heureux! monument durable

De la pauvreté refpectable

Et des amours de leurs ayeux ;

O toi ! qui depuis la durée

De trente luftres révolus,

Couvres de ton ombre facrée

Leurs danfes, leurs jeux ingénus ;

Sur ces bords depuis ta jeuneffe
Jufqu'à cette verte vieilleffe,

Vis-tu jamais changer les mœurs,

Et la félicité premiere

Fuir devant la fauffe lumiere

De mille brillantes erreurs ?

Non , chez cette race fidéle

Tu voir encor ce pur flambeau

De l'innocence naturelle

Que tu voyois briller chez elle

AU PERE***.

Lorſque tu n'étois qu'arbriſſeau ;
Et pour bien peindre la mémoire
De ces mortels qui t'ont planté,
Tu nous offres pour leur hiſtoire
Les mœurs de leur poſterité.

Triomphe, regne ſur les Ages,
Echapé toûjours aux ravages
D'Eole, du fer, & des Ans,
Fleuris juſqu'au dernier printemps,
Et dure autant que ces rivages ;
Au chêne, au cedre faſtueux
Laiſſe les triſtes avantages,
D'orner des Palais ſomptueux :
Les lambris couvrent les Faux-Sages,
Tes rameaux couvrent les Heureux.

Tandis qu'inſtruit par la Droiture,
Et par la ſimple Vérité,
Mon eſprit toujours enchanté
Pénétre au ſein de la Nature,
Et s'y plonge avec volupté ;

Hélas ! par une Loi trop dure,
Pouſſés vers l'éternelle Nuit,
Le Plaiſir vole, le Temps fuit,
Et bien-tôt, ſous ſa faux rapide,
Ainſi que les Jardins d'Armide
Ce lieu pour nous ſera détruit !
Trop-tôt, hélas! les Soins pénibles
Les Bienſéances infléxibles
Revendiquant leurs triſtes droits,
Viendront profaner cet aſile,
Et nous arrachant de ces bois,
Nous replongeront pour ſix mois,
Dans l'affreux cahos de la ville,
Et dans cet éternel fracas,
De riens pompeux & d'embaras,
Qui, pour tout eſprit raiſonnable,
Sujet de géne & de pitié,
Ne ſont que le jeu miſerable,
D'un ennui diverſifié !
 Mais outre ces peines communes,

Qui nous attendent au retour,

Outre les chaînes importunes,

Et de la Ville & de la Cour,

Il eſt un fatal apanage

De dégoûts encor plus nombreux,

Qu'au retour des champêtres lieux,

Le funeſte Apollon ménage

A ſes éleves malheureux !

 Au milieu d'un monde frivole,

Dont les nouveautés ſont l'idole,

Déja je me voi revenu,

Et pour le malheur de ma vie

Par l'importune Poëſie

Malgré moi-même un peu connu,

Déja j'entens les périodes,

Et les queſtions incommodes

De ces Furets de vers nouveaux,

De ces Copiſtes généraux,

Qui perſuadés que l'étude

Me tient abſent depuis trois mois,

Vont s'imaginer que je dois

Le tribut de ma solitude

A l'oisiveté de leur voix :

Hé bien, me dit l'un , dont l'Idile

,,Enchante l'esprit doucereux,

,, Sans doute , éléve de Virgile,

,, Sur des pipeaux harmonieux,

,, De Licidas & d'Amarile

,, Vous aurez soupiré les feux ?

,, Vous aurez chanté les beaux yeux

,, Les premiers soupirs de Silvie,

,, Et des bouquets de la prairie

,, Vous aurez orné ses cheveux ?

,, Qu'apportez-vous ? Point de mystére,

(Me vient dire avec un soûris

Quelque Suivant de Beaux-Esprits

Insecte & Tyran du Parterre)

,, L'ouvrage est-il pour Thomassin,

,, Pour Pélissier ou pour Gossin ?

Je fuis , j'échape à la poursuite

De

De ces Colporteurs trop communs ;

Suis-je plus heureux dans ma fuite ?

D'autres lieux, d'autres importuns.

„ Enfin, dit-on, de votre abfence

„ Revenez-vous un peu changé ?

„ Du fommeil de la négligence

„ Votre efprit enfin dégagé

„ Immolera-t'il l'indolence

„ Aux fuccès d'un travail rangé ?

Ainfi déclame fans juftesse

Contre les droits de la Paresse

Un froid cenfeur qui ne fent pas

Que, fans cet air de douce aifance,

Mes Vers perdroient le peu d'appas

Qui leur a gagné l'indulgence

Des Voluptueux délicats,

Des meilleurs Pareffeux de France

Les feuls Juges dont je fais cas.

Par l'étude, par l'art fuprème

Sur un froid pupître amaigris

C

D'autres orneront leurs écrits ;

Pour moi , dans cette gêne extrême ,

Je verrois mourir mes esprits :

On n'est jamais bien que soi-même ,

Et me voilà tel que je suis.

Imprimés , affichés sans cesse ,

Et s'entrechassant de la Presse ,

Mille autres nous inonderont

D'un déluge d'écrits stériles

Et d'opuscules puériles

Ausquels sans doute ils survivront :

A cette abondance cruelle ,

Je veux toujours en vérité

Et de la Fare & de Chapelle

Préférer la stérilité :

J'aime bien moins ce Chêne énorme

Dont la tige toujours informe

S'épuise en rameaux superflus ,

Que ce Myrthe tendre & docile

Qui croissant sous l'œil de Vénus ,

N'a pas une feuille inutile,

S'épanoüit négligemment,

Et se couronne lentement.

Il est vrai qu'en quittant la Ville,

J'avois promis que plus tranquille,

Et dans moi-même enseveli,

Je saurois, disciple d'Horace,

Unir les Nymphes du Parnasse

Aux Bergéres de Tivoli ;

J'avois promis, mais tu t'abuses

Si tu comptes sur nos discours,

Cher ami, les sermens des Muses

Ressemblent à ceux des Amours.

Dans la tranquilité profonde

Du Philosophe & du Berger,

Trois mois j'ai vécu sans songer

Qu'Apollon fût encore monde,

Et je t'avoüe ingénument

Que très-peu fait à voir l'Aurore

Que j'apperçois dans ce moment,

Je ne la verrois point éclore
Dans ce champêtre éloignement,
Si des volontés que j'adore,
Pour me faire rimer encore,
Ne valoient mieux que mon ferment.

Toi, dont la fageffe riante

Souffre & feconde nos Chanfons,
Ami, fur ta lyre brillante
Prépare-nous les plus doux fons ;
Dès qu'entraînés par l'habitude
Au féjour de la Multitude
Nous aurons quitté ce canton,
Chez un éléve d'Uranie,
Entre les Fleurs & l'Ambrofie,
Entre Démocrite & Platon,
De ta vertu toujours unie,
Nous irons prendre des leçons,
Et t'en donner de la folie,
Que la bonne Philofophie
Permet à fes vrais-nourriffons :

Cette Anacréontique Orgie ,
Livrée à la vive énergie
Du génie & du sentiment,
Ne sera point assurément
De ces fétes sombres & graves ,
Où périt la vivacité ,
Où les Agrémens sont esclaves ,
Et s'endorment dans les entraves
De la pesante Autorité ;
Nous n'y choisirons point pour guide
Cette Raison froide & timide,
Qui toise impitoïablement
Et la pensée & le langage ,
Et qui , sur les pas de l'Usage ,
Rampe géométriquement :
Loin du mistére & de la gêne ,
Pensant tout-haut & sans effort ,
Admettant la raison sans peine
Et la saillie avec transport ;
D'une Ville tumultueuse

Nous adoucirons le dégoût :

La Raifon eft par tout heureufe,

Le Bonheur du Sage eft partout ;

Et puifqu'il faut du ton Stoïque
Egaïer la févérité,

La Ville, malgré ma critique

Et l'éloge du fort ruftique,

Reverra mon cœur enchanté ;

Dans fes caprices agréables,

Et dans fon Brillant le plus faux,

Paris a des charmes femblables

A ces Coquetes adorables

Qu'on aime avec tous leurs défauts.

    Mais quoi ! tandis que ma penfée

Plus légere que le Zéphir,

Folâtre à la fois & fenfée,

Vole fur l'aîle du Plaifir ;

Dieux ! quelle nouvelle femée
Subitement dans l'Univers
Vient glacer mon ame alarmée.

Et quelle main de feux armée ,

Lance la foudre fur mes Vers !

Sur un char funébre portée ,

Des Graces en deüil efcortée ,

La Renommée en ce moment

M'apprend que la Parque inhumaine ,

Sur les triftes bords de la Seine ,

Vient de plonger au monument

Des Mortels le plus adorable ,

L'Ami de tout heureux talent

Et de tout ce qui vit d'aimable ;

Le Dieu même du Sentiment ,

Et l'Oracle de l'Agrément !

O toi ! mon guide & mon modéle !

Durable objet de ma douleur

Toi , qui , malgré la Mort cruelle ,

Refpires encor dans mon cœur,

Illuftre Arifte , Ombre immortelle ;

Ah ! fi du féjour de nos Dieux ,

Si de ces brillantes retraites

Où tes mânes ingénieux
Charment les Ombres satisfaites
Des Sévignés, des La Fayetes,

Des Vendômes & des Chaulieux,
Tu daignes, sensible à nos Rimes,
Abaisser tes regards sublimes
Sur le deüil de ces tristes liéux,
Et si de l'éternel silence
Traversant le vaste séjour,
Un Dieu te porte dans ce jour
La voix de ma reconnoissance,
Pardonne au légitime effroi,
Au sombre ennui qui fond sur moi,
Si dans les fastes de Mémoire,
Je ne trace point à ta gloire,
Des vers immortels comme toi,
Moi qui voudrois en traits de flâme
Graver aux yeux de l'Avenir,
Ma tendresse & ton souvenir,
Comme ils resteront dans mon ame

Gravés jufqu'au dernier foupir ;
J'irois dans le Temple des Graces
Laiffer d'inéfaçables traces
De cette fenfible Bonté
L'amour, le charme de notre Age ;
Ou, pour en dire davantage,
L'Eloge de l'Humanité :
Mais, à travers ces voiles fombres,
Quand je te cherche dans les ombres,
Dans le filence du tombeau,
Puis-je foûtenir le pinceau !
Que les Beaux-Arts, que le Portique,
Que tout l'Empire poëtique
Où fouvent tu dictas des loix ;
Avec la Seine inconfolable,
Pleurent une feconde fois
La perte trop irreparable
D'Ariftippe, d'Anacréon,
D'Atticus, & de Fénelon ;
Pour moi, de ma douleur profonde,

Trop pénétré pour la chanter ,

N'admirant p'us rien en ce monde

Où je ne puis plus t'écouter ,

Sur l'Urne qui contient ta cendre,

Et que je viens baigner de pleurs ,

Chaque printemps je veux répandre

Le tribut des premieres fleurs ;

Et puisqu'enfin je perds le maître

Qui du vrai Beau m'eût fait connaître

Les miftéres les plus fecrets ,

Je vais à tes fombres Ciprès

Sufpendre ma Lyre , & peut-être

Pour ne la reprendre jamais.

F I N.

www.ingramcontent.com/pod-product-compliance
Lightning Source LLC
Chambersburg PA
CBHW072214210626
46818CB00014BA/2045